株式会社家族

山田かおり

リトルモア

もくじ

株式会社　家族

デザイナー

「お前はいつまでニートか」と実家に帰ると必ず父に言われる。会社員でない＝ニートと思い込んでいるのだろう。私はファッションデザイナー。働いてるのに辛い。

「お前みたいなんがいずれルンペンになる。父さんわかってる」。その隣りで母はおそらく一〇〇回目になるだろうヨン様出演の「徹子の部屋」を見て「かおりも見いや、騙された思て」と言い、「見たれ」と父は言った。そんな母が、かつて私がデザインし売れ残って実家に眠る多くの在庫をリサイクルショップに売っているという情報は妹から入手していた。

「かおりのデザインした服、変やから高く買うてくれへんのよ」と母が言うと、「そこから学べ」と父が言う。「おまえ、いっぺんユニクロ連れてったらなあかんな」。

妹がきまぐれに降り立った大阪のとある商店街。惣菜屋のショーケースに私の作った服が売られていたという。しかもかなりアバンギャルドな一品だったと生まれてからいちばん嬉しそうな声で妹が言った。

「だってお姉！　隣りにコロッケがあってんで！」

私も悲鳴を上げて笑ったけど、妹にはそれをショーケースから救ってきて欲しかった。そのうち一緒に見に行こうと約束したものの、時間が過ぎていつの間にか忘れてしまった。

私の作ったあの服、今大阪のどんなおばちゃんが着てるのだろう。

母の手帳

母はぼろぼろの状態の  犬や猫を拾ってくる。

母が拾わなければ死んでいたかもしれない彼らは二十年弱の命を全うし、母に看取られて永眠する。

私と妹が大人になった今、トータルで七匹いた我が家の生き残りも二匹の猫のみとなった。いなくなってもう何年も経つ動物に「あの子、 いつ拾たんやろか」と母が疑問を持ち出すと、それが十一月二十二日だったか二十三日だったか、こだわりが執拗であるため私たちはめんどくさい

と思う。こうなると

曖昧を嫌う母は、本棚にしまってあるキティちゃんの表紙の動物手帳を引っ張り出して目の前で確認すると「せやったせやった。二十三日でした」と言って自慢げであるとともに「かわいらしい子やった。死にやって、かわいそうに」と感慨に耽るのが毎度のことだ。

私たちがスルーしても、その犬や猫との出会いから別れにまつわる壮大なストーリーは、父が野球中継を観る隣りで始まってしまう。「せやった。あれ、雨の日やった」「拾た時、ものすごノミいてね。どないしよ思た」。

母の手帳の一ページ目は、犬一匹、ウサギ一匹、猫五匹との出会いから別れまでが早見表になっている。メールアドレスは死んでしまった動物たちの名前@docomoだ。

父の手帳

父の手帳は手のひらサイズで内容はゴルフについてのメモだけだった。いち早くそれに目を付けたのが母。年の暮れに父自ら処分したその手帳をゴミ箱から救って収集する母のコレクションは通算六冊目になる。決してゴルフ場に行くことなく、スイングのメカニズムを空想だけで綴ったその手帳は父なりの発見でびっしり埋め尽くされていた。

〝回転の意識〟〝左右に壁がある〟かと思えば、〝今までのは全部間違っている〟と書いて大きな赤ペンのバツ印でいったんリセット。そして〝志村けんの手のイメージで〟の下には赤線が二本引かれていた。

空想の世界ではみるみる上達する。我が家の前を流れるどぶ川を挟んだ空き地で毎晩スイングする父は、気分が盛り上がってくると「おーい、誰か見てくれ」と私たちの誰かを呼ぶ。夏場はまだいいが真冬の寒さの中に招集がかかると、こたつでくつろぐ母と私たちは生け贄を選出するべくじゃんけんをするのだけれど、結局今日は私と妹で行くわ、という話でまとまる。

「ほら！　この足首に注目や！」「要はここの回転なわけやな？」と言って真剣

な父は汗だくだから私たちの寒さにも気づかずどんどん打っていく。空想で。本人にしかわからない解説付きのスイングを、寒空の下一時間以上見物させられる私たちの身にはなってくれない。

満足げに笑う目と目がしばし合う。父のボールは想像の世界でめちゃ飛んだようだ。一刻も早くこたつに入りたい私たちは「今のすごかったよな！」と驚いてみたりする。「実際にコース回ればいいやん、お金出すで」と言う妹の提案を絶対に聞かないのは、空想の世界だとプロゴルファーみたいな俺でいられるからかもしれない。

玄関先に立て掛けられた父のゴルフクラブは、通りすがりの猫がおしっこをかける所定の場所になっている。たまに父の枕にウンコもする。それでも父は空想でひらめいたスイングの法則をミミズみたいな字で今日も更新する。

ドライブスルー

私たち一家が初めてドライブスルーに挑戦した時、父はわざわざ車を降り、マイクの前で「ポテトチップ」と言った。お姉さんから受け取った袋の中身を妹と確認するとフライドポテトが入っていた。私にだけ聞こえるように妹は「アイツかっこいいよな」と言った。

私はたぶんこの先も、ドライブスルー

に入るたびに、このワンシーンを思い出して息が荒くなり、無事にスルーする自信がない。もしも隣りで運転する男性がいたら変態と思われ捨てられる。

今でも父に「ポテトチップ」をフライドポテトの正式名称と思わせたままで喜んでいるのだからバチがあたっても当然だ。

追伸
父へ。スターバックスのことを「オートバックス」と言うけれど、そのままでいて欲しくてなかなか本当のこと言えないままでごめん。

大人になったら

子供の頃、魔法少女ブームというのがあって「ミンキーモモ」というアニメもそのひとつ。数々起こる問題を、魔法のステッキでナースや騎手に変身して解決してゆく主人公に妹は夢中だった。おもちゃ屋でそのステッキを見つけた妹はいつになく必死でねだり、プラスチック製玩具を嫌う母もその迫力にかなわなかったのだろう。

「ピピルマピピルマプリリンパ……」

ついに手に入れた魔法のステッキを片手に妹の閉じこもる部屋からかすかに聞こえた呪文。襖の隙間から私が見たものは、頭上でステッキを回転させている地味な妹の姿だった。いつまで待ってもぱっとしない自分を鏡で見た妹は、それでも泣きながら呪文を唱えてステッキを回転させていた。何になりたかったんだろう。

日が経つに連れてそのステッキをアクセサリー感覚で扱う

ことができるようになった妹だったが、それは初めて買ってもらった大切なおもちゃ。いつも肌身離さず持っていた。その日、寝そべりながら野球中継を観ていた父の頭上でステッキを回転させる。持ち手の部分の蓋が開き、落下した単一電池が父の顔を直撃して妹は魔法のステッキを卒業した。

私たちは母の作るぬいぐるみ以外何も持っていなかったから、いつもお店やさんごっこをした。

「姉ちゃんわたしクリーニング屋さんになるねん。だってお金が数えられるからな」

妹は、私が作ったニセ札を数えるのが上手かった。

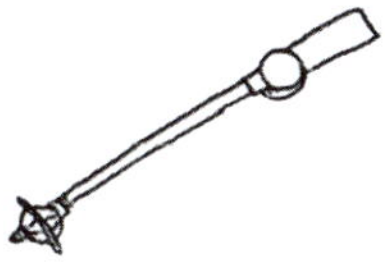

ジェームス・ブラウンの家

乗車定員二名の父の軽トラックにひしめきあって、私たちはジェームス・ブラウンの家へ行く。ジェームス・ブラウンは母の姉。週末は私たち一家を呼んでご馳走を食べさせてくれる。運転する父の隣りに母、その膝の上に小さい私と妹がかろうじて乗った状態で、足元に座る心の狭くて臭い犬。そして荷台にケージに入ったうさぎを乗せて、四人プラス二匹が出発する。

「見つかったら定員オーバーで捕まるで」と脅かす母のひと言で逮捕に怯える妹は、パトカーの見張り役に徹した。「なかには覆面パトカーもおるぞ」と父が言ったので、まわりを走るすべての車が敵になってしまった妹は、気の休まるときがなかった。「来た」と言う妹の合図で私たちはするりと母の足元に滑り込み、敵が通り過ぎるまで息を殺して存在を消した。

「行った」と言う母の合図で、再び所定の位置に着く。私たちがお邪魔するたびに、ただでさえ狭さに苛立っていた犬は鼻の上にギャザーを作って低く唸ったし、触れどころが気に食わないと私たちを咬むのでお互い命懸けだった。

車を停めてうさぎの入ったケージを父が荷台から下ろす。それを私たちが台車に載せて、押しながらジェームス・ブラウンの家まで歩く。舗装の悪い道で台車のたてるがらがら音が聞こえると玄関まで出てくるいとこたちは、私たちを見て「また来た」と言った。

伯母は今でも、日本人女性にしてはジェームス・ブラウンによく似ているが、それが男性で黒人だということを誰もまだ伯母に言ってない。

私と妹が学校から戻ると、家の前を流れるどぶ川の岸にしゃがむ二人の少年に向かって母が怒鳴っていた。嫌な予感がした私たちは、家に隠れて窓から様子を窺った。

「あんたら亀にやめなさい」

どぶ川から引き上げられた亀にＢＢ弾を打ち込む少年たちに向かって母は注意していたのだった。「黙れやおばはん」と少年たちが言ってしまったものだから厄介なことになった。

「亀かわいそうやないの、ほんで誰がおばはんやの」

その亀は初めて見る大きさだった。どぶ川に迷い込んだ海亀だったのだろうか。亀いじめを止めない少年たちと争うことを諦めた母は、自力で助けようと決めたのだった。そして「物干し竿持ってきて」と私たちに指示した。ベランダから長い竿を外して母に渡すと、私たちはまたすぐに家に隠れて窓から様子をうかがった。母も亀が怖かったのだろうか。それを使って大き過ぎる亀を突きながら「逃げなさい亀」と叫んだ。さらに激しく亀を攻撃する少年たちに、「打つんやったら私打ち」と言って母は大きく両手を広げた。少年たちは今度は母に向けてＢＢ弾を打っていたが、動じない母は亀を突きながら少しずつ動かしている。それから物凄い水の音と共に亀の姿は見えなくなった。「亀逃げや」。亀を見送った後、母は物干し竿で少年たちを威嚇した。睨み据えていた少年たちは諦めてどこかへ行ってしまった。

その日の夜の私たちは、母の武勇伝の一部始終を父に伝えたくて、ジェスチャーを交えて披露した。父はあまり人の話を聞かない。阪神戦を見ながら「そうか、誰か味噌汁ついでくれるか」というタイプだ。私たちは今回の物語に〝亀の恩返し〟というタイトルを付けて何か素敵なことが起こるような気がしていたのだけれど、翌日の下校時から少年たちにＢＢ弾で狙われることになった。走って逃げながら「全然いいことないな」と地味な妹は言った。

それからしばらく経って、うちの中に白い蛇が入ってきたので大騒ぎになった。母が叫びながら何度どぶ川に戻しても、くねりながら家を目掛けて入ってきた。父が「あの亀から伝言頼まれたんちゃうか」と言ってみんなで笑った。聞いていなさそうで案外父は私たちの話を聞いている。

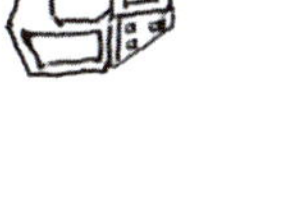

母のインスタレーション

うちの車はぼろい。我が家の前には車一台がぎりぎり入るスペースがあるが、これまでは父がそこに車を停めると、母が車体の下に段ボールを一枚敷くという儀式が行われていた。たまに私が実家に帰ると「やらしいわぁこの車、ガソリン漏れてやんねんよ」と母は言った。

母が夕飯の支度をしていると「お父さんやわ」と言って玄関先にセットしている新しい段ボールを引きずって外に出る。そんな音、私には聞こえないけれど、いつだって母は父の車の音を知っている。

狭いスペースに車をゆっくりバックさ

せる父のタイミングに合わせて慎重に段ボールを敷く母。「息ぴったりやな」と感嘆の声をあげる私を無視して母は、段ボールの位置をずらしベストポジション探しに忙しい。遠目で見てから何度でも納得のいくまで段ボールを配置する母は、前衛の段ボールアーティストだ。そして今朝、母からついに車を買ったと電話があった。もうあの段ボールパフォーマンスを見ることは無いのだ。しかしそれもまた中古車である。

父は家の前を通るすべての人がうちの車を狙ってるような気がして眠れない。母はちょっとした物音にも窓の隙間から様子を窺う。

さようなら、ご婦人たち

窓から覗くのりやすに向かって近所の子供たちが「のりー！」と呼んでくれるのは嬉しいのだけれど向かいに住んでいる大家さんに聞こえるので内心、黙ってほしいと思っている。でものりやすはこちらを見ている大家さんに向かって鳴いたので正しくはバレている。パンが好きなこの子だからきっと「おじさん、何パンが好き？」と聞いているんだと思う。ああ、大家さんが見てる。私は自分の姿が映らないようしゃがんでまるで動いてないかと思わせるスローな動きで窓を閉め、猫を見たのは気のせいだと大家さんに思わせることに成功したかと思わせて失敗した。「山田さん、猫飼ってますよね？」

近所の奥さんたちが「あの猫よ！　窓にあの猫がいるわよ！」と叫ぶ。そのうち、子供たちは「部屋から出たくて鳴いてるんだよ！」とか「ごは

んもらっているのかな〜」と言うがよくごらんお前たち。この顔のデカさ。食べてないわけないやろ。もともと野良猫時代にこの子供たちが〝のり〟という名前をつけてうちの前で遊んでいたのだけど動物嫌いの母親たちが〝汚い〟という理由で保健所を呼んだおかげで私がこっそり飼う羽目になる。子供たちは悪くない。おばちゃん専用の保健所があれば私は電話してる。三人は捕獲させてると思うけど一週間を過ぎても誰も引き取りには来ないだろう。グッドラック。

誘拐

知らない人について行ってはいけません、誘拐されてもうちは身代金出されへんねんからと私たちは母に教えられていた。あまり面識のない親戚のおじさんやおばさんだって小さい私たちからすれば知らない人だったのだ。ある日、祖母の家に集まった帰りに成り行きで叔母夫婦の車に乗せてもらうことになった私たち。父のトラック以外の車に初めて乗る私たちは、夜だったせいもあってとても不安になっていた。私たちは後部座席に座ってずっと黙っていたのだけれど「うちは貧乏やねん」と小さく発した内気な妹のひと言で、私は異常事態を察知し

た。妹は知恵者だ。

「そうや、うち貧乏やからな」と私があわせると、それ以降は会話に〝貧乏〟を盛り込み、我が家は身代金が払えない親がいる旨をさりげなく伝えたつもりでいた。そしてその作戦が功を奏し、私たちは誘拐されることなくそのドライブを無事乗り切ったのだった。叔母は後に「誰があんたらなんか誘拐するねん」と言って母と笑ったので私たちはバツが悪かった。母と叔母は姉妹である。

幼い頃から妹の自己防衛本能は抜群だったと思うのだがその直後、見知らぬおっさんの「マクドナルドに行こう」のひと言であっさり誘拐された妹を不思議に思う。

花柄

銭湯通いの時期もある。母が夕食の後片付けをしている間に父は私と妹を連れて行く。平常どん底に暗い妹も、風呂上がりに買ってもらえる珈琲牛乳を思って陽気に走る。小さい私たちは父と一緒に男湯に入った。背中に桜吹雪の墨を入れ、俯いて頭を洗うおじさんの背後に立ってじっと見る妹。

ある日、妹が「きれいなお花咲いてやるなぁ。お父さん見てみ」と言ったとき父は見て見ぬ振りをした。銭湯で背中が花柄の人を見かけても黙ってろと父は妹を叱った。妹より少し大人だった私は背中が花柄の人をヤクザというのだと知っていたけれど妹は〃お花の人〃と呼んだ。

そしてお花の人

の小指がない確率については母から教えてもらった。それからの妹は花柄の人の小指の有無を確認するのに集中していた。

妹は、お花の人の背中に咲く見事な花柄を指でなぞろうとしたこともあったし、背後で「遠山の金さん」とつぶやいたこともあった。

クローン

のりやすがわが家に来て一年たった。生まれた日はわからないので拾ってきたこの日を誕生日にする。推定で生まれてから八年、人間で言うと六十歳ぐらいだろうか。元気に長生きして欲しい。

母は今まで飼った動物たちの毛束を少しずつ大切に保管してるけど、クローン技術なら毛一本あれば昔飼ってた犬も復元できるのだと妹に教えた日。妹はそれなら壊れたお気に入りの靴も復元できるという夢が広がったようで、「わぁ、これも直る」と珍しく嬉しそうに笑った。しかし残念ながら靴には細胞がないため培養が不可能、ゆえに買うか修理に出すのがいいという事実を伝えたら静まり返っていた。クローン技術によっていつかいろんな物が手に入るという夢が一瞬で消えた妹は、クローン技術に頼らず、靴を修理に出すことにした。

ショッピング

母が突然上陸して東京観光。といっても私が住む街で雑貨屋巡り&疲れたらお茶しばくだけなのだが楽しくてあっと言う間の二日間。私たちは喫茶店のレジで伝票を取り合う。「母さん私が払う」「いやいや一宿一飯の恩義や。母さんが払うがな」などお下品なやりとりに困惑する店員。で、結局毎回母が出す。東京までお金もかかったろうに。それを買ったところで破産するわけじゃないやろ、というような雑貨をギリギリ迷って諦める少女のような母を見たら切なくなり母さん私もっと頑張るわ、と思う。

母が好きそうな生地屋へ連れて行く。

案の定たくさん買って、大阪へ配送することに。ついでに手持ちの荷物（空のタッパーなのだが）を入れて欲しいという要望は却下された。せっかく母がご機嫌に買い物したというのにケチだこと。だから私はディスプレイのカツラをはぎ取ってかぶり、走って店を出た。これを〝窃盗〟と呼ぶ人もいる。そのクレオパトラみたいな末広がりのカツラを母にかぶらせるとよく似合ってた。妹は防犯カメラに姉が映ってないことをとにかく祈っていた。

　さっき東京駅まで母を見送りに行った。後ろ姿を見る側はいつもさみしい。でも母の到着を楽しみに待つ父がいると思うとそれもまたいい。来月は大阪に帰ろうと思う。

天六のおばあさんの猫のこと

チャッピーの元持ち主のおばあさんに電話をした。六年前に天六商店街でチャッピーをみかけなかったら、もしおばあさんがチャッピーを飼っていなかったら私はチャッピーに会えなかった。私はおばあさんにずっと感謝しているから電話口で〝ニャー〟と鳴かせて元気であることを伝える。

先日の電話でおばあさんは、十八年飼っていた猫が猫取りにさらわれたと言った。それから、「わたし毎日仏壇の前で

お経唱えて帰って来てやて祈ってますねん」と言った。おばあさんは八十六歳だから六十八歳の時から一緒に過ごしたということになる。近所の野良猫たちも一斉にいなくなったそうだ。猫取りにさらわれた猫はどうなるのかと聞くと、

「そらあんた三味線に決まってるやないの。あれの皮はよう伸びよるさかい」と言った。さらわれたんじゃなく寿命が近付いて自ら家出したんじゃないかという私の説を否定して、

「あれは絶対に三味線にされますわ、よう肥えてるさかいええの出来る思われたんやろ」と言う。

でもどうか戻って来ますように。おばあさんの猫が三味線になりませんように。できることは祈るしかないけどみんなもおばあさんの猫が戻る奇跡を祈ってください。お忙しいところすみませんけれど。

チャーハン

妹と二人揃って実家に帰るのは久しぶりだ。新幹線内。通路を挟んだ席に泣き止まない赤ん坊がいて、夫婦は懸命にあやしている。いつだって私は携帯に入れた自分の大切な猫〝のりやす〟と〝チャッピー〟の画像を見る。それを泣いている赤ん坊にだけこっそり見せていたらぴたりと泣き止んだ。しばらくするとまた泣き出すので、私はそのたびにかわいいのりやすの画像を選んではちら見させて泣き止ませた。あやす夫婦は時々泣き止む赤ん坊の視線の先が気になったのだろう。視線を辿ってたどり着いたのは、おどけながら猫画像をちらつかせている私だった。その存在に気付いた夫婦だけれどもそれを無視して、赤ん坊を抱いてどこかへ行ってしまった。

ピーター・パンのような美しい緑色のドレスを着ていた私は、手製のぱらぱらチャーハンを食べるためにマスクを外し

た。「お土産は要らんで、インフルエンザもな」という母の要望で私たちは最近常にマスクを装着している。

「姉ちゃん、ぱらぱら過ぎるで！　ぱらぱら過ぎるで！」と言いながら妹は私の手製ぱらぱらチャーハンを食べた。妹の足元の籠には、耳の聞こえない猫の〝もんちゃん〟が時々首をぐるぐる回転させる。音の無い世界で生きているからどんな騒々しい場所だって彼は平気だけれど、その分嗅覚が発達しているのかチャーハンの匂いを嗅ぎ付けて車内に奇声が響き渡る。

ぱらぱらに仕上げるコツは、煙が出るまで中華鍋を熱することである、と私は大きめの声で車内の皆にも伝えた。

私たちは、あんなにおっさんみたいな顔の赤ん坊を初めて見た。

もうすぐ新大阪だった。

商店街

小さい車に家族四人ぎゅうぎゅうで、久しぶりに訪れた尼崎三和商店街。子供の時分は華やかだと思っていた場所はそうでもなかった。時代も商品も止まっている。昔は見るだけだった品々も、今なら買えそう、いや買わないと損な気がするほど安くて珍しい物に出会える。原材料も賞味期限も記載されていないお菓子を時々見かけた。父は私たち三人にお揃いの長靴を買ってくれた。妹は「雨の日が楽しみ」だと言い、母は「今まで履いてたぼろい長靴、お父さんのビールジョッキにしたろかしらん」と言った。小さい頃は歩いても終わりが見えない日本一長い商店街だと思っていたけれど、寄り道しながら歩けばあっという間にアーケードの終着点。それから私たちはジェームス・ブラウンの家へ向かう。

うどん

面白いのは村上ショージ、やっぱり村上ショージやね。妹とそんな話をして朝が来た。私たちは梅田に出た。石原君が開いたうどん屋に向かう途中、目の前に止まったタクシーから降りてきたのは村上ショージだった。

店に着いて私は第一声「今そこで村上ショージを見た」と言うと、「村上ショージ、ちょうど今からラジオに出るで」と石原君が言ってラジオのボリュームを上げた。

「しょーゆーこと」と村上ショージが言った。私たちは生醤油うどんを食べていた。

妹

私が日々このような日記を書いてる間に妹の結婚が決まった。そして父は私に「おまえはそのうちルンペンになる」という恐ろしい予言をやめないでいる。屋根と壁と床が好きな私がまさかと思う。とにかくおめでとう妹。あなたは父さんにルンペンになるとは一度も予言されたことがなかった。それにお姉がこうして

日記を書いてるのを婚約者に黙ってることお姉知ってる。小さい時あなたが友達と遊んでるところにお姉が「よせて」と入ろうとすると、黙ってふすまを閉めたっけ。ふすまの向こうでひとり百人一首してたのもお姉知ってる（お気に入りは蝉丸だったことも）。とにかく憂鬱な子だった。そんなあなたが東京に来て、少しだけ明るくなって結婚することになるなんて。いつウェディングドレスを頼まれるのかと待っていたけれど、お姉の目の前でおもむろにドレスのカタログ開いたりして。「おまえのデザイン派手やねん」て言われてお姉はっとした。

山手線ニュース

電車の扉が開いた瞬間いつものように必死で席を確保し、人生のバイブル『ヒデキマツイ』を開いた瞬間いつものように目を閉じて、私はヤンキー・スタジアムに立つゴジラになる。しばらくすると前に立っていた喪服姿の男女数人のうちのひとりが床にへたりこんだ。どうやら泣いてるみたいだし私はゴジラだから席を譲ることにした。するとひとりの男の子に「いや具合とか悪くないんで。彼女泣いてるだけなんで大丈夫です」と断られた。目の前で泣いてたらゴジラじゃなくても席ぐらい譲る。

床に座り込んだままの彼女を座らせたくて席を立った。瞬間、狙いをこちらに定めたおばちゃんが突進して来た。「よっこらしょ」と言いながら安産型の腰を下ろした。その勢いがおかしくて彼らと目でこっそり笑った。泣いてた彼女も少し笑ってて嬉しかった。

私のじゃが芋は未来形

じゃが芋の芽を除いて料理するたびに思い出す。小学生の時分、担任の先生からじゃが芋を持って来るよう言われた私が母から渡されたのは怖いくらいに芽が出たじゃが芋だった。こんなん恥ずかしいと泣く私に母が言う。

「ええかっこしな。うちのはこれや」

理科の時間が始まって各自机の上にじゃが芋を置く。

「発芽の研究をします。誰のが一番早く芽が出るでしょうか」

と言う先生に、

「山田さんのじゃが芋はもう芽が出ています」

とクラスメイトが余計な口を挟んだ。

半分に切ったじゃが芋の切り口を水に浸し、数日後に発芽する感動を私たちに伝えたかった先生は、先生が持って来ていた綺麗なじゃが芋と、ハリがなく芽出放題の私のそれとすり替えた。フライングした私のじゃが芋のせいで未来形を知ってしまったクラスメイトたちはやがて発芽したそれを見て感動したのか疑わしい。

女優

母が「ニコールマンキッドて綺麗やね」と言ってから正しい名前がわからなくなった。

名前の数

動物と暮らすたいていの人は、いろんな名前でその子を呼ぶ。私の猫チャッピーも例外無く複数の名前を持っている。どういうわけか「チ」か「ピ」さえクリアしていれば、名前として条件を満たすようなのだ。例えば「千代子」「ぴの子」「ピーマン」。今日は「ぴの千代」という名前を思い付いた。「ぴ」も「ち」も難無くクリア。童話的で文学的、いやな響きもシャイでケチで卑怯なチャッピーにぴったりだ。でもそこがかわいいのである。人も同じではないかな。付けたあだ名の数だけそいつを好きかもしれないなんつって、ブホ。

世界が変わった日

効かないエアコンで二度の夏を乗り切ったけど今年は猛暑だというし世界を変えてみようと思った。大家さんに相談したら翌日新品を入れてくださった。もっと早くそうしておけば。二年前の夏、全裸にヌーブラだけで過ごしたあの日の自分にこの風、吹かせてあげたい。

工事に来てくれた電気屋のおじさんは、私が話しかけても一切返事をしてくれなかった。だから私は大きめの声で、「前のよりパワーはありますか?」と聞いたけれど、それでも何も答えてくれなかった。それなのにのりやすを見つけた途端、首に掛けていた手ぬぐいをものすごい速さで回転させ、つま先で前に出たり後ろに下がったり器用にステップを踏み「にゃろめ」と言った。のりやすは細目を開けてそれを見たけれど、ゆっくり目を閉じて何も答えなかった。

納豆

納豆を食べるときに思い出す昔飼ってた犬のこと。慢性の皮膚病で性格の暗いうちの犬は、じめじめした下駄箱のいちばん下を好んで住んでいたから病状が悪化してより苛つくのだ。そしてとにかく臭かった。子供の私が手を差し延べるとウウとうなる。鼻にギャザーが寄りはじめると手を出したり引っ込めたりして噛まれるスリルを楽しんだ。外を通る子供と老人には激しく吠え、強そうな大人や若者には黙ってる卑怯なあいつが好きだった。

日中、外でひなたぼっこしていたあいつは、うちの前を子供連れで通りがかった年寄りの股間に噛みついた。幸い年寄りのあそこに被害はなかったけれど、股の破れたズボンを見た母は、その頃買ったばかりのミシンにはまってたから「すぐ直しますのでそれまでこれ履いといてください」と言って適当なズボンを渡したが、年寄りはかんかんになって子供の手を引いて帰っていった。
「ああいう場合はどうしたらよかったんやろね、私今でもわからへん」と母は言う。卑怯なあいつ、納豆を食べるとあいつのことを思い出す。

サイン

明日乗る予定の飛行機が墜落する夢を見た。搭乗時刻は昼過ぎなのに朝六時に悪夢に目覚めて向かった駅で唯一開いていたマクドナルドで朝マックするしかなかった。

広過ぎる店内にたった一人。エッグマックマフィンのベーコンを震える指で摘出した。オペの成功を喜んだ瞬間目の前に座ったのは危険な香りのするおっさんだ。私の目を見ながら自分の火の点かないライターをカチカチと苛立つ。それがピークに達した時「オッラーッ」と叫んでライターを思い切

り壁に投げ付けた。私がベーコン抜きのエッグマックマフィンを食べているからか、それともどこからか今日はツイてないぞとサインを送ってくれているのか。気を取り直して珈琲を飲むために向かいの喫茶店に入る。カップルが喧嘩して女の子が大声で泣き始めたがおっさんよりましだった。目の前の観葉植物がきれいで眺めていると突然葉が落ちた。

私は何かしらのサインを受け止めて急きょ予定を変更し、新幹線のチケット売り場に向かう。結局飛行機はキャンセル出来なかったが、私は新幹線の中でこれからやってみたいことを手帳に書き出してみた。横に飛行機代を書いてみる。その値段は高くない。私が乗るはずだった105便が無事大阪に到着することはニュースを見なくてもわかっていたが乗らなかったことも後悔しなかった。自分がネガティブなのかポジティブなのかわからないけど嫌な予感は的中したりしなかったりする。

人殺しと両親の家出の謎

チャルメラの音が過ぎ去るまで、布団に潜って脅えた日々。あの音は聞き分けの悪い子をさらって食べる魔物の音だと私に教えたのは母だ。

その夜もいつもと変わらず人殺しの音が聞こえていた。布団の中で私が耳を塞いでいる間に父と母が玄関を出て行ったのを気配で感じていた。私は、私たち姉妹の眠る狭い和室の襖を開け、これまた狭い台所を覗いて見たけれどさっきまで笑っていた父と母はどこにもいない。自分は今夜、子殺しの危機に直面したうえ親にも見捨てられたのか。どん底の気持ちで熟睡する妹を揺すっても起きない。

一大決心で両親を探しに家を出ると、そこには初めて目にする不気味な風景があった。遠くに見える明かりを頼りに進むと、駐車場で器片手に座る大勢の人達が一斉に私を見た。

「あんたどうやって来たん!」。母のその叫び声で群集の中に私を捨てた父と母を確認したのだった。ラーメンデビューした三歳の夜。私はこの時〝人殺しの音〟と〝両親の家出〟の二大ミステリーを一挙に解決した。そして私の知らない時間の中で、大人たちが楽しんでいる夜の世界のことも知った。若く貧しい両親にしたって屋台のラーメンを食べることは一大決心だったのかも知れない。

それからいくら耳を澄ませても両親の夜中の外出はなくなったし、いつの間にかあの怖い音も聞こえなくなった。

甲子園球場にいる父から

甲子園球場にいる父から何度も電話が掛かってくる。

「今甲子園や！　阪神巨人戦や！　どうや！　歓声聞こえるやろ！」

しばらく声が途切れている間、携帯電話を高く掲げて歓声を拾っている父を私は想像できる。

「阪神勝ったらいいな」と言って電話を切った。それからすぐ電話。しばらく無言。

「どうや！　歓声聞こえたやろ！」

聞こえてないけど「ほんまや！」と言って父の気分を盛り上げて切った。また掛かってくる。

「テレビ観てくれ！　父さんは黄色い旗振ってるからすぐわかるぞ！」

母にも妹にも同じ内容の電話を掛けているようだ。お願いだから試合に集中して欲しい。旅行帰りの私はそのとき羽田空港にいた。空港のロビーにある大画面テレビにまさに映るその試合を見て、しばらくここで観戦してから帰ろうと思った。この大観衆のどこかで私たちに向けて黄色い旗を振る父を見つけることは出

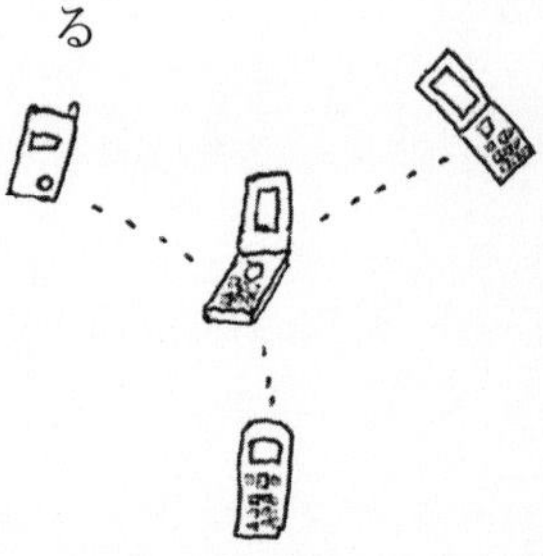

来なかったけれど、私は長い時間そこに座っていた。

それから電話は掛かってこなかった。延長12回表、4—1になった時点で負ける阪神を見るのが辛い父は球場を後にしたのだと母からの電話で知った。自分が観戦に行くと必ず負けると信じてる父は自らが球場を去ることで奇跡に賭けたのか。「お父さん今ごろ電車に乗ってるはずやわ」と母が言った。落ち込む父が電車に揺られている一方、甲子園球場では12回裏、阪神狩野のホームランで4点を奪い大逆転サヨナラ勝ち。家に着いてテレビを点けた父はまさかの逆転を知る。

「ほら母さん！　父さんが居てないほうが阪神は勝つんや！」

チームの勝敗が自分にかかっていると信じる人は多いと思う。阪神ファンである父が奇跡の勝利を生で観られなかったというのに、なぜ野球に興味のない私が今空港の大画面テレビで観ているのか。その悔しさを思うと私は時間を戻して父を12回裏の甲子園球場に連れて行ってあげたいと思う。でもいっか。自分がそこに居なかったからこそ阪神が勝利したのだと父は信じているのだから。じゃあ最初から行かんかったらいいねんと妹は言うけれど。

扇風機の使い方

パニック映画『ポセイドン』を観た。富豪たちが豪華客船で浮れ騒ぐ中、大波が船を飲み込み生き残った数名が試練を潜り抜ける。船が縦になり浸水し、火の海をダイブしたりこんな罰ゲームを体験するなら私は海に身投げする。または時間に少し余裕があれば輪ゴムで手首足首の血を止めゆっくりこの世に別れを告げる。でももし前の晩からこの大惨事がわかっていれば扇風機を〝強〟にして眠り、二度と目覚めないようにする。

昔、母に扇風機を点けたまま寝ると急激に体温が低下し皮膚呼吸が止まり死に至ると教えられ、これを聞いた妹は宿題をし忘れた時にこの方法を利用したがやけに顔色が悪いだけでうんざりした朝を迎えていた。大人になった妹は初めてもらったアルバイト料で自分専用の扇風機を買った。電器屋の店員は妹のもうひとつの使い道を知らないだろう。そして憂鬱な妹は手違いで給料が少なかったけれど、バイト先の店長にそれを言えないときなどにこの方法に取り組んだ。

夏休み

しばらく都内の行く先々で範囲の狭い
旅行をしていた。家出に近いかも知れな

い。銀座で買い物したらそこで、池袋で映画を観たらそこで宿泊。旅行が好きではないので気が変わればいつでも我が家に帰れる近場にしておけば安心感がある。たまには家事もせず静かな非日常を過ごしてみたかったのだけどホテルでも起きた瞬間からシーツを完璧に整えるくせが情けない。つい掃除をする人の身になってしまう。一日目で家に帰りそうになったが三泊できたのは猫の世話をしてくれてる友達のおかげだ。電話をすれば、猫に替わってくれた。受話器から息の荒いのりやすの気配を感じて帰ってきた。今年の夏休みはこれにて。

おじいのこと

おじいはビルの管理人だ。梅田の高層ビルの影に埋もれたその古いビルの二階で、私は初めて店を持った。けれど白髪のロングヘア、穴の開いたランニングシャツに腰布を巻いた格好のおじいかおばあかわからないおじいがビルの入口に立ち「気軽に」と大声で呼び込むような私の店に入ってくる人は少なかった。声を張り上げるたびに女の子たちが逃げてゆくので呼び込みをやめて欲しいと申し出たあとは〝気軽に〟と書かれた紙がビルの入口に張り出されたが、その達筆な縦書きで書かれた貼り紙が風で飛んでゆく頃には私の店にも少しずつ客足が増え始めていた。

「何も見えないこの目玉をえぐって殺してくれないか」。私が接客に長い時間を費やすと店の入口でおじいは叫ぶ。ほとんど目が見えないと言っていたけれど、私が落として見つけられなかった針をおじいは拾った。夏は自分の血を狙う蚊を叩き殺し、秋にはビルの前に落ちた銀杏を拾い集めて二人で店のストーブで焼いて食べた。正月になると私と妹を呼んで手料理をごちそうしてくれた。年の瀬に上の階から何か打ち付けられるような振動を感じたのは、この日のためにおじいが餅つきをしていたからだ。

住居である四階の小屋から一階まで階段に沿って垂れている太いロープはおじいの命綱。私が店を開けた気配を感じると、ゆっくり時間をかけながらずるずると草履の音をたててロープ伝いに降りてくるおじいの毎日はアスレチックだった。どこからか拾ってきた廃棄自転車を改造しておじいは天六商店街へ行く。調達した一週間分の食料品を抱えてロープ伝いに上がってくる姿を見た私が「あとで小屋まで運ぶから」と言っても決して言うことを聞かないおじいは一番重くてかさばる白菜をロープに結び付け自分だけ先に上がってゆく。忘れかけた頃、ロープに結ばれた白菜だけが跳ね上がり階段を上昇してゆくのだが、コンクリートの床や壁に打ち付けられたその葉はちぎれておじいの手元に届くころには小さくぼろぼろになっていた。その飛散した葉を処理するのはいつも私の仕事だった。手作りのプロペラが回転するおじい自慢の掃除機は、爆音をたてて毎日派手に降りてくるけれど何かを吸引したことなんかなかった。

店に来た二人組の警官が、自転車で転倒したおじいのことを伝えた。仕事を終えて夜、搬送先の病院へ行くと罵倒しながら看護婦におむつを投げ付けるおじいの姿があった。「身長は？」の質問に「五尺二寸だ」と返答された若い看護婦は、首をかしげて隣りのドクターに尋ねていたけれど、彼もまた首をかしげて、彼女は書類に適当な数字を記入した。

「仏壇のわきにある二千万円を持ってきてくれ」とおじいは私を見るなり叫んだ。昼でも不気味なおじいの小屋に夜ひとりで侵入するのは無理だと思い、妹を呼び出した。人影のない古いビルの四階にある鍵の開いたおじいの小屋に二人で突入した。高層ビルのネオンサインに照らされてカラフルに光る仏壇のわきに妹はあっさりとスーツケースを見つけた。簡単に開いたその中は札束で埋まっていた。「病院から誰かに尾行されてたら姉ちゃん、うちらここで殺されるんやろうな」と妹が呟いて、私は家に電話で助けを求めた。「タクシーで帰ってこい、いそげ」と父は言った。「おまえら、不審な奴に気をつけろ」

スーツケースを開いて見せると「おまえらみんな落ち着け」と、父が興奮気味に繰り返していた。「確認します、わたし」と言って札を数え始めた母を手伝う妹は（昔からニセ札を数える趣味があったからか）やたら手つきが慣れていた。それを黙って父が見る。「えー、二千万とび八千円なり」と発表した母は、この金額を記入したメモ用紙を札束の上に載せた。家族会議の結果、スーツケースは床下で母が熟成させている自家製味噌の隣で一夜を過ごすことになった。今晩泥棒に入られないことを祈って床下収納のふたを閉じた。

翌朝一家でスーツケースを持っておじいに届けにいった

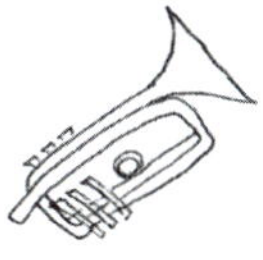

際、責任をおいかねると病院側が拒絶したのでおじいを連れて銀行へいった。「ここで一番偉い人呼んでくれ」と叫ぶ父のとなりで「私らかて困るんです」と母が自分の気持ちだけ述べていた。「金はこの人にやる」と私を指して叫ぶルンペンルックのおじい。私たちは待たされることなく個室へ案内された。冷静な妹が事の運びを説明したあと「それで、ご親族ではないのですね？」と支店長が念押しした。新規で開設したおじいの口座にそのお金を無事に納めることができた私たちは二千万とび八千円の呪縛から解放された。

お見舞いに行くたび「ここから出してくれ」とおじいは叫ぶ。おじいは床に落とした布団の上にベッドからスクリューのように回転して落ちたあと、肘と後頭部を床につけたブリッヂのような状態から乱れたロングヘアーと上半身をゆっくり持ち上げ立ち上がるオカルト的なリハビリに励んでいた。「退院させたい」と言っても血縁関係のない私の意見は無視された。「このままでは歩けなくなってしまう」と言って涙を流したので私はおじいを背負って病院を出た。看護婦詰め所の前にあるエレベーターに乗るにはその窓口の下にいったんおじいを横たわらせてエレベーターを呼ぶしかない。扉が開いた瞬間おじいを引きずって誰にも気付かれることなく乗り込んだ。病院の外へ出るとおじいはひとりで歩けると言って私の背中を離れてゆっくり進み出した。タクシーを拾うためスクランブル交差点を渡る途中私たちを取り残したまま信号は赤になった。クラクションの中、秋風でマリリン・モンローのようにはためいたおじいの腰布の中はノーパンだった。

以前よりも動きが鈍くなったけれどそれからの一年間、おじいは今まで通りビルを管理しながら好き放題に暮らした。週に一度の買い物は、おじいのショッピングリストを持って私が引き受けた。銀杏を拾っておじいの小屋で焼いて食べた。役所の人が来て、おじいが養老院に連れて行かれてから私は店の移転で東京に引っ越した。

あるときおじいが夢に出てきてあの周辺の情報通のおばさんに聞くとおじいはもう死んでいた。出会ったころすでに九十半ばだったから百歳を超えていたはずだ。もう充分じゃないか。こうしてこれを書いている今も部屋中におじいの気配を感じるけれど、私の店で販売スタッフをしたいとの申し出を断ったことをまだ根に持ってるのだとしたら勘弁して欲しい。

本屋で友達の後ろ姿を見つけた。声を掛けようとした時、面白そうな本を見つけてしまい、我れに返ると友達の姿は無かった。あとで聞くと本屋には行ってないという。そっくりさんか。

スキー場に到着したとたん高熱でホテルの別棟に隔離され、一度もゲレンデに出られなかった孤独な修学旅行。そのころ実家の母と妹は、泣きながら階段を上がって行く私の姿を目撃している。またある日、私が帰宅する少し前にもうひとりの私が帰宅していた。友達と駅前の喫茶店にいた私はそのとき具合が悪くなり、しばらく横たわっていたのだ。金縛りから解放された妹の話によると、もうひとりの私は妹の枕元で泣いていたという。生身の私が帰宅したとき、半狂乱の妹は、「どっちが本物の姉ちゃんかわからん」と取り乱し、とびきり体調の悪い私に向かって、当時私が得意とした鈴木

雅之のものまねをしろと酷な要求をした。妹の信頼を取り戻そうと必死になって「鈴木雅之のLove Overtime」とそのころ姉妹で聴いていた深夜のラジオ番組のタイトルを発音よく叫んだけれど、「おまえはものまねが上手いにせものや」と言って警戒した。

「あんたらなにを騒いでんの」と参入してきた母に、私を指して妹が「だって、こいつが霊やから」と言った。

体調が悪くなると私の魂はやたらと家に帰りたがる。それを、母と妹がキャッチする。

まだ梅雨入りもしてないのに

あなたに逢いたいでも逢えない的歌が流れると、玉葱を刻んでいた包丁をラジオに突き付けて何しみったれてると叫ぶ。だいたいあんたのそういうしつこさが男に去っていかれる原因違うか。根本から改善せんと次も歌うことになるで。あんたのために言うてる。オーケー。とりあえず玉葱切るのは後にする。そんな失恋の傷癒す応急処置みたいな歌ばっかり歌ってたら次のステージに進まれへん。あんたが〝あなたを忘れない〟と切実に歌っても相手はもう次のステップに進んでる。間違いないで（何なら新しい彼女とめちゃいい感じ）。聞きたくないと思うけどこんなん誰も言うてくれへんで。現実受け止めて次の恋に役立つような歌詞を歌にしたらいい。私が作ったろか。

遥か中国／梅の実実るこの季節／せやからうちらは梅雨と呼ぶ／加湿器みたいな私を好きになってくれるのは／なめくじか／頭のおかしい殿方だけ／where are you ／どこぞにおらぬか／どこぞに

父の幼なじみ

不動産屋の岡田さんは実家が持ってる空家の借り手をホームページで募集してくれているという。しかし随分長いあいだ借り手は見つからない。このおっちゃんほんまにホームページ持ってるんかなと疑問を抱いて検索したら、岡田さんは物件を四軒しか扱っていなかった。選択肢が少な過ぎる。「もっと大きいところに任せたら?」と提案したけれど「岡田は大丈夫や」と父は言う。ところが最近借り手が見つかったというから不思議だ。

父も岡田さんも岡田さんのホームページの内容もシンプルだ。我が家には色あせた小学生時代の二人の写真があるが、お遊戯会で撮影したのだろう。狐と狸の面をそれぞれ頭にのせ懸命に歌う姿が泣かす。

【岡田さんの扱う物件】

大阪：３件
鹿児島：１件

ついで

夕方ちょっとした揺れを感じたので、とりあえず叫びながら脱衣所に常備しているメットをかぶって風呂場でしゃがむ。こんな時でも排水溝に数本絡まった髪の毛を見つけて掃除していた。これが人生最後の行為になったらうんざりするわと思いながらむしり取った。メットついでに風呂場の天井をたわしで擦ってシャワーをぶっかけた。頭以外水浸しになったのでついでに湯をはって、メット以外ぜんぶ脱いで湯舟につかった。もしさっきのが余震で次に大地震が来たら、この姿で猫を二匹抱いて外を走ろうと思っていた。

弁当

白いご飯だけがびっしり詰まったアルミ製のドカ弁。これが中学生の私の弁当だった。何を間違えたかそこはお嬢様学校。荒れる地元尼崎の公立中学に通って不良になるのを心配する父と母の薦めで受験をクリアした私はひとり場違いなその女子中学校に入学した。華やかな弁当を褒め合う女生徒の中で私の弁当は真っ白で眩しかった。

「山田さん、おかずは？　デザートは？」

彩りの綺麗なみんなの弁当にちょっとは目を奪われた私だが、下を見れば白のみで構成されているおっさんのような弁当。いや、おっさんでもせめて梅干しぐらいのってるだろう。私は母の漬ける梅干しが酸っぱ過ぎて食べられなかった。誰よりも痩せて死に近い私を人は琵琶法師と呼ぶ。「だから痩せてるのね」。彼女たちに決して悪意がなかったとしても、いちいちつっかかるように感じていた私は「このご飯の下に鰹節入ってんねん。うちのは二層式やねん」と言い返した。次第に孤立した私は学食で、ある女の子と揉み合いになり彼女が食べていた中華そばを頭から掛けてしまい休学になった。彼女の家に謝罪に行った帰りの電車で母が「あんたやっぱり尼崎の公立中学行くか」と言った。不良にならぬように

と多額の授業料を払い無理をして私学に入れてくれた父と母に申し訳なく思った。私はこれから先の人生で、親を心配させたり人に迷惑をかけないような人間になりたいと思った。

小学校の友達が大勢いる転校先の中学にはすんなり溶け込んだ。ただ、卒業まで前の学校の制服で通えというのが母からの条件で、ひとり異なる制服を着た私はやんちゃな先輩たちにしばかれたりもしたけれど、気取った生徒たちよりもはるかにましだと思えば平気だった。

父は、母の作るドカ弁が好きで、仕事が休みの日であっても母にわざわざアルミの弁当箱にご飯を満たん詰めさせる。それを蓋で押し潰して台所に置き、昼が来るのを楽しみに待つ。

「家にいるんやから炊きたて食べたらいいのに、あほや」と言って母が二層式にゃんこ飯を作っているのを蓋をかまえて至近距離で見る父。父は今でも大好きな鉄人28号の箸と箸箱を愛用しているが、箸の一本が行方不明になった現在はキティちゃんを片割れにしている。子供の頃買ってもらえなかった鉄人28号のおもちゃを大人になれば買えると思っていた父は、ある時コレクターズショップで高値で取り引きされているそれを見て「なんでや」と言った。

歌手

あんたはロック歌手かと母に言われる私はがりがりの体に痛み切った髪、必要以上に派手な服を纏っているせいもあるだろう。

風邪で喉が痛いというのに友達とカラオケで歌いまくってしまった調子のいい私の喉は腫れ、ほとんど声を失っていた。病院で耳の遠いじいさんの医師に当たって二重苦を強いられた私は、なんでこんなにひどいことになったのかと聞かれ「歌を、歌を歌ったから」と声を振り絞ると「歌い手さんね、それなら話はわかる。私の知り合いにも歌手がいるが喉を痛めることも少なくない」と合点がいった様子の先生を見ていると言い訳するのもしんどかった。それから私が歌手という設定のもと話は進み、「歌い手さんは喉が命、お大事に」と見送られ、歌手である私は丁寧に御礼を言って病院を出た。

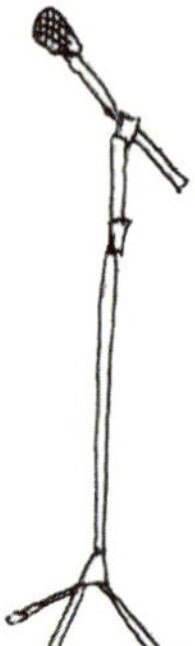

自転車を漕ぎながら、もんた&ブラザーズのヒット曲〝ダンシング・オールナイト〟を歌った。

禿げたり治ったり

病院に連れて行ってもなかなかチャッピーの禿げは治らなかったというのに、私が十日ほど留守にしてた間にほぼ治っているではないか。代理の世話役に異常になついていた模様。私が帰って来た途端に禿げをいじり出して昨日より少しは げしくなっている模様。

遊園地

遊園地に行ってみたいと思ってはいたけれど、テレビのコマーシャルから想像する世界だけで私は十分楽しかった。

その日、いつもより早めに帰宅した父が突然その夢の国へ私を連れて行ってくれると言うから複雑な気持ちだった。流行りの玩具も買ってもらえないのになぜ遊園地なんかへ連れて行ってもらえるのか。テレビで姥捨山の番組を見たばかりの私は捨てられるのではないかという不安を抱えながら、父の軽トラで奈良ドリームランドという遊園地の入口へ来た。そこから見えた世界はいつもコマーシャルで見ていた夢の国のままで、それまでの私の不安なんかどこかへ飛んで行ってしまった。

入場口で父がチケット売り場のおじさんと言い争っているのを見た。

「乗り物乗るのは子供だけやのになんで大人料金がこんな高いねん」

父は真剣だった。ほかの親子は楽しげにスマートに門を潜って行く中、うちは入口でつまづいてる。ああやっぱりうちは貧乏なんやな。

「父さん私、遊園地べつにいいねん」。そう言った私の言葉も聞かず「おまえだけ遊んでこい、父さんここで見といたる」と言って父は少しのお金を握らせて私だけを潜らせた。そんな予定じゃなかった私は鉄の門を隔てて立つ父を見て泣いた。やっぱり私は捨てられるんや。

　結局チケット売り場のおじさんが父を通してくれたおかげで二人で園内に入れたものの、ブルーな気持ちを引きずったままの私はせっかく憧れの地を踏んでいるというのに心から楽しむことが出来なかった。お土産屋で妹の好きそうなキラキラしたビーズのアクセサリーの詰め合わせを見ていた。普段何も買い与えてくれない父があっさりと買ってくれたので、完全に今日ここで私は捨てられると確信した。父が何に乗りたいか私にたずねても、何にも乗らないと私は言い張った。せっかく来たのだし頼むから何か乗ってくれと言う父を見て、私はジェットコースターを指した。父と乗った子供向けのその小さなジェットコースターで、隣りに座って誰よりも叫んでいた父の顔だけがはっきりと記憶に残っている。私はジェットコースターは怖くなかったけれど、あそこまで大人を叫ばせるのだからやっぱり怖い乗り物なのかもしれないと思った。

頼れる業者

母が遊びに来るので掃除する。

「換気扇、汚な」「オーブンの中も拭かんかいな」と言われるのはわかっているので先手を打つ。しかしただの粗探しではない。大工道具持参ではるばる尼崎から来る母は、不便な箇所は即改造してくれるのである。今回はグラついた戸棚の修理を依頼するつもりだ。母は難題にも必ず打開策をうち出す優れた職人であり、困難な課題ほど目は輝く。

そんな母はかつて実家の壁をぶち抜いて本棚を作った。私の暮らすこの部屋の壁をこんこんと叩いて歩く。空洞を見つけて「やったろか」と言う。けれど、賃貸ゆえそれは不可能だ。これが私の持ち家なら好きなだけやって欲しいのだけれど。

そして、「私がこんなん使えるうちに家買いや」とプロ用電気ドリルを持った化け物は言うのだ。

忘年会

忘年会がそのままお泊り会へ流れ込む。みんな寝てしまった。することないからキッチンまわりをピカピカにした。不便なところを治して配置をちょっと変えてみた。釘を打ちたい釘を打ちたいとにかく釘を打ちたいけどここは人んちでしかも夜中。

書道教室

下校する小学生の私と妹は、我が家が見えるとラストスパートをかける。「ただいま」の声で母がドアを開けてくれるのがわかっているから自動的に尿意を催す体が出来ていた。珍しく母が留守だったある冬の日、家に入れず漏らしてしまった私たちは玄関の前でしゃがんで母の帰りを待っていた。そこに戻って来た母は「お客さん来るから部屋片付けて」と言った。来客の準備に忙しそうな母に気をつかい、私たちは黙々と新しいパンツに履き替えた。びしょびしょのパンツを来客に見られないよう姉である私が責任をもってそれらを着ていたセーターに軽く押し込め家を出た。

私たちが通っていた書道教室では、最前列に近い席をペン習字目的の老人たちが陣取っていて、子供は後列に座るというムードだった。石油ストーブで蒸せ返る教室。正座するな

り力任せに脱いだ私のセーターから勢い良く飛んだ二枚のパンツは、全神経をペン習字に注ぐ老人の机に落下した。その際、しぶきを浴びた生徒たちもいたにちがいない。気絶して何もかも記憶から消したかったけれど、まだ小さかった妹が下を向いて墨を磨る振りをしていたことすら覚えている。子供たちには冷たい先生だったが、月謝が遅れるうえにパンツまで飛ばした私への風当たりは一層きつく感じられた。私は書道が好きだったから先生が怖くても休まなかった。でもその事件の後からだろうか、なんとなく休むようになってそれから書道を辞めた。

所得証明書

　私が東京に店を持とうと決めて、不動産屋回りをしていた頃、ヒットするいくつかの物件に出会ってはいつも最終審査の段階になってはじかれた。それは私の保証人である父の所得証明書に書かれている収入が月々七万円だからだろうと母は言った。私は店を開くための資金を長年費やして準備していたのに、審査の度に断られて肩を落とした。

　実家に帰ると「ほんでおまえはいつ店をするんや」と私を馬鹿にしたように父が言うので「審査に落ちた」と答えると、「おまえはまだ世間に認めてもらってないわけや。しっかりしてくれ」と喝を入れられる。その頃、副業を始めた父は「電球の切れた街灯を取り替える仕事やぞ。儲かる。父さんハングリー」と嬉しそうだった。

「十万越えたらいいけどな」。妹は、父の所得証明書を見ながら審査に落ち続ける私を笑った。

HCL・79

シャッター

店のドアを開けたまま誤ってシャッターを下ろすボタンを押してしまった。シャッターは開いたドアにぶち当たり通常なら安全装置が働いてストップするところそれでも下り続け、完全に斜めになった。しつこく下りようとするので手で押し返すと一瞬静かになった直後、天井に付いてたフタが外れてチェーンその他諸々見たこともない怖しい物体が絡まりながら物凄い音と共に落ちて来た。もうボロボロになった。そんなパニックの中、私はドリフを思い

出していた。

管理会社は私のミスだと言うが安全装置が作動しない商品を付けたのがミスだ。私は悪くない。あんなボタンぐらい誰だって間違って押す。今この瞬間も世界中のあちこちでボタンを押してしまった私みたいなうっかり者たちの叫び声が聞こえる。ボタンひとつで私たちが百万円かもしれない損害を被るなんて貴様らはヤクザである。大人たちは（私も大人かな）とても丁寧な口調で「山田様のお命がご無事で何よりでございます」と心にもない言葉を述べ、「後日ご請求額の方を……」と付け加えた。私がもしシャッターでお命を落としてたら友達は笑ってくれたかもしれないけれど。

死のキャットスクワット

押入れの上の小さい収納〝天袋〟。このところ猫たちに流行りの寝床。朝六時になると二匹連続で私の腹部目掛けて落ちてくる。8キロと5キロの塊が天井近い高さから加速しながら落下するのだから私は毎朝少しずつ死んで行く。身に危険を感じ天袋を閉めて寝るが、後先考えず飛び上がる阿呆は梁のところで宙ぶらりんで「開けろ」と叫ぶ。半分寝ている私は手探りで枕下の懐中電灯を掴む。天袋を照らすとスポットライトの中心で、ばたつかせる足の股ずれ感が醜い。無視すれば力尽きて落ちるだろうけれど骨折されても困る。それで操られるままに開

けてしまったが最後、調子にのった奴らに毎夜起こされ毎朝殺される。毎日無理なくちょっとずつ。これが私の猫自殺。殉職か。悪くない。

食堂

実家に帰り、母の韓流映画鑑賞に付き合う。「面白い」と言うと「せやろ。前から見いや見いやて私、ゆうてたやないの」と何本も観る羽目に。やがて目は霞み俳優たちが皆、村上ショージに見えた。

一方、不衛生で安い食堂巡りが好きな父にも付き合う。床はぬるぬるでうどんのざるにはかぴかぴの古い麺が付いているが、私が「いける」と言うと「おまえここ知ってラッキーやぞ、父さんそう思うぞ」と言った。いったいどんな顔の人間がこののれんをくぐったのかと思うようなどぶ色ののれんをくぐって私たちは店を出る。

「この近くの家族経営の食堂は赤ん坊をおぶったおばあさんが定食を運んで来るぞ、食後に飴をくれるぞ」と教えてくれたので次回に行こうと腹をくくる。

東京に帰る時間になって、父と母が駅まで送ってくれた。もう一度手を振ろうと振り返ると車は発進していた。

私の圧力鍋

怖くて使いこなせなかった圧力鍋だけど、修業の成果あり今は大活躍。指が吹っ飛ぶと思ってた過去の私、めっちゃハゲ。今日は何を炊いたろうかと気づいたら一日に何度も考えている。お米炊いたあとに小豆炊いてほくほくのぜんざい作ったろかちくしょう。砂糖あったかいな思い出せボケナス。帰った瞬間点火して五分。炊飯器セットして出掛ける必要などない。金輪際ない。炊いたごはんを蒸らす十分の間におかずを作るで作ったるでちくしょう。

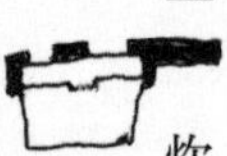

振り返ると鍋とタイマーが連動している。私はときめく。

春の不安

鼻がつまって息が出来ないので口呼吸が頼りだ。病院へ行けば花粉症の薬を処方されるのだろうけれど、薬物に依存したくない。こんな今、いちばん恐いのは誘拐されて口にガムテープを貼られることだ。かろうじて口呼吸で命を繋いでいる私の口から呼吸を奪わないで欲しい旨を、錯乱する犯人に落ち着いて伝えられるだろうか。ああ、前歯が思い切り出ていればガムテープを破壊できるのに。

たった一片のガムテープで息絶えるもろい命。

この季節を誘拐されずに乗り切りたい。

土曜日

部屋の一角に作った五〇センチ×五〇センチの小さなスペースにしゃがんで何もしない時間を作る。動き出すと止まらないので、ここに納まっていれば心が安らぐ。そこで、あの子は今日あの喫茶店に行ってるな、あの子は花屋に行ってる、あの子は学校かと今日のみんなの動きについて考えてみる。それからそれが当たっているか確認のために電話をかけたりメールしたりする。花屋に行ったとばかり思っていた友達はヨガに行ってた。たぶん妹も私と同じように小さいスペースに納まって何もしていないか実家の父か母に電話しているはずだ。試しに電話してみると案の定、妹にも実家にも電話が繋がらないので彼らが喋っているのだとわかり、自分らとことん友達おらんなと馬鹿にする。

　土曜の朝は父のイラストがファクスされてくる。とても震えたタッチで描かれるそいつらは昔うちで飼っていたけれど年老いて死んでしまった犬や猫や兎たちを中心としているが、中には架空の生き物も混入しているので注意して見なければならない。

たこ焼き「ひでおとまき」

実家の入口付近に二・五畳ほどのスペースがある。通常は父の車と母の自転車を停める場所なのだけれど、父の夢はそこで娘（妹）とたこ焼き屋をすること。けれど妹は千葉に嫁いで旦那は千葉から離れたくないというので将来的に別居してはどうかと私は妹を唆す。妹夫婦は円満だが父の夢を叶えてあげたいとい

う長女特有の責任感からだ。妹もたぶんあれを回すのは好きなほうだと思う。たまに家族四人が集まってたこ焼きをする時、いかにも冗談めかして妹をたこ焼きビジネスに誘っていた父だけれど、思えばあれは本気のヘッドハンティングだった。

日曜日、父は近所にある憧れのたこ焼き屋「ひまわり」に偵察に行く。身長一八〇センチぐらい、黒っぽいジャンパー、鳥のような目で黙ってじっと見るタイプ。パートナーには文句の多い私ではなく真面目な妹がいいのだろう。

「そんなん、私の自転車どこ置くの」と怒る母に父は「行列ができた時は母さんの出番やぞ」と言った。

天津甘栗

皮を剥いた天津甘栗が転がってテーブルの下で静まり返る。張り詰めた空気を破って猫は必要以上に甘栗をしばく。無抵抗で小さい甘栗相手に毛繕いで油断させたと見せかけてしばく。中国から渡って来たあげく、猫の毛にまみれ真っ二つに割れた姿を見て甘栗を気の毒に思う。

新曲です、「甘栗」。

にゃんこは甘栗をころす
にゃんこは甘栗をころす
ころして無視するー
(台詞) 中国から来てこれかい

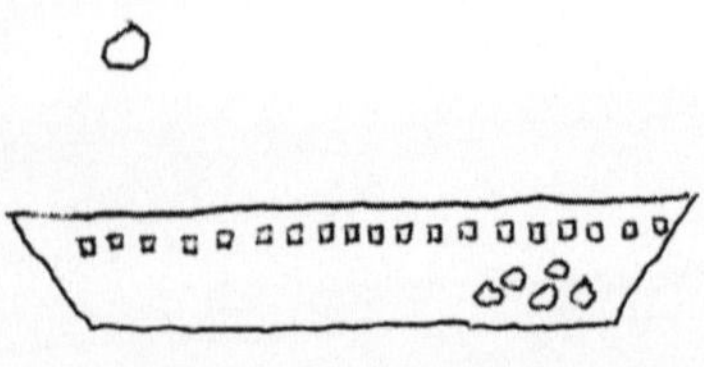

かくし味

ラジオから流れるこってりした曲を止めてやろうと布団から頭を出せば、それはチャゲ&飛鳥。昨夜からの高熱で意識は朦朧としている。しかし彼らの粘りのある歌声をお好み焼きに入れてはどうかと考えられるまともな感覚は残っている。

風邪の時は大根と葱を多めのだしで煮ておく。これに、その都度温めたごはんを入れたら雑炊が食べられる。生姜と蜂蜜で作った濃縮飲料も用意して、いつでもお湯割りにする。経験上、薬を飲もうが飲むまいが三日は同じ症状が続く。明日大事な会議がある人なら別として、それなら水分と睡眠、そこにたっぷり汗をかくのが一番の特効薬である。平熱に戻って迎える、あの朝の爽快感は数年に一度の大イベント。それを楽しみに、目を閉じると現れるサイケな風邪の菌に私はひとりで立ち向かう。数万匹を三日がかりで殺すのだ。

ドアノブに身を任せて

キャットフードがトイレに保管されていることを猫たちは知っている。私が相手にしてもらいたくて嘘泣きしても無視するくせに、ドアノブを回す音にだけは反応する。それが愉快で一日のうち何度もドアノブに手を掛ける振りをする。そのうち猫たちの視線からは真剣さが失われ、毛繕いに勤しんだりなめた態度を取るようになった。私は猫たちの注目を浴びたくて、ドアノブを相手の手に見立てダンスする。ラジオで流れていたジプシー音楽に合わせてステップを踏むうちに激しく反り返ったり、ドアノブと私のアーチをしゃがんでくぐったりエキサイ

トしていたが、猫たちは落ち着いた様子で私を見守ってくれる。ドアノブに委ねた私の命。それが外れたら、後ろにある冷蔵庫に頭をぶつけて死ぬだろう。殉職、悪くない。私を殺したい人はこのドアノブを緩めておくといい。
曲の終わりに勢いよくドアを開く。ニャーニャーと足元に集結した猫たちの喝采を浴びて、このショーは幕を閉じる。

サッシの窓枠に埋め込まれたシリコンがあるから私たちは雨や風から身を守り快適に暮らすことができる。この技術をシーリングと呼ぶ。シーリング職人の男の子と約束したクリスマスの食事を楽しみに十二月の大半を過ごしていた私は当日になって断られた。急遽、突貫工事が入り夜勤を余儀なくされたと言う。

世間が浮かれ騒ぐこんな日に仕事なんてかわいそう。私も何か手伝いたいと申し出ると、えらく喜んでくれたので、その子から支給された私にとっては不都合なデザインの作業着を着用し、車に乗り二人で現場へ到着した。そこへ来てはしまったものの、何をして良いのか分からない私に「帰れ」と言った親方の迫力に私は帰るのみだった。

現場からは立ち去ったけれど、車で連れて来てもらった私は現在地がわからないまま街の灯りを求めて歩いていると、大江戸線の〝勝どき〟という駅を見つけた。片手にはメット、裾にボリューム満点の汚れたニッカボッカと社名の入ったベスト。地下鉄の窓ガラスに映った自分の顔は今日のためにメイクが施されている。特にアイラインがすごかった。

このまま帰っても退屈だと思って途中下車した六本木はクリスマス一色でみんなとても楽しそうに見えた。

総武線のはしっこで

見た目は中学生のくせに既婚者の妹。若く見られるというより〝わらべ〟。竹藪の中で手毬なんかついてたらぞっとする。ひと昔前の美人というより平安時代における美人である。ブスかもしれない。ブスだ。そんな妹もやはり平安顔の旦那の出張中に羽を伸ばしたいと思っているが、あてもないので私と遊ぶしかない。私は吉祥寺で妹は船橋。総武線で七十分、そして揃って出無精だ。出来るだけ自分寄りの駅の魅力を述べ、誘い合うメールにもお互い騙されない。「とりあえず明日、おやすみ」と打って締め括る。妹が今、自分の飼っている気持ち悪い猫のかわいさにうっとりしながら布団を覗いている場面が浮かぶ。じき妹に荒俣宏の霊が降りて来るだろう。昔からそういう顔で眠るのだ。

今回も流れた約束。その理由は、「猫が膝に乗って動けない」だった。一人の夜は怖くて風呂に入れない妹。今朝は頭

皮のかゆみで目覚めたという妹の頭は目覚まし
ヘッドである。

父の事務所

今も現役で働く父は最近念願の土地購入を果たしたが、それは寝屋川にある崖っぷちに面したとても小さな三角形の土地だった。そこに小さなプレハブ小屋を建てた父は毎朝規則正しく向かうのだが、日々そこで何をしているのかを母から入手したわずかな情報を元に私と妹は推測する。もっとも父は「仕事をしとんのや、仕事を」と言っておかんむりではあるのだが。うどん持参で出たで、今日はだしの素を持って行ったわ等、母からのヒントを得て切れ者の妹は湯を沸かすシステムを確認。

ある日の地震の直後、「事務所の引き出しが勝手に開いたぞ。そっちも開いたか」という母への電話内容から、妹は更に机の存在も確認した。父は引き出しの出具合によって震度を決める。

夕暮れどき、父の事務所の前を三輪車に乗った女の子が「ちいさ」と言って通り過ぎた。

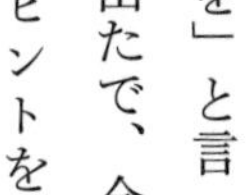

父へ

久しぶりに実家に帰ってくつろいでると父が言う。
「さてはおまえ、派遣切りにあって親の世話になろうて魂胆やな」と。
父さん、恥ずかしながら私、派遣ですらないねん。

本書は、「ＱＦＤ」のＨＰに書かれた日記をセレクトし加筆修正したもの、および書き下ろしで構成されています。

山田かおり
1974年兵庫県尼崎市生まれ。京都芸術短期大学（現・京都造形大学ファッション科）卒業。卒業後、ファッションブランド「QFD」を立ち上げる。CM、舞台、ファッション誌に衣装提供。2006年よりQFDのウェブサイト上のブログで日常と家族のことをえがく。
http://www.qfdshop.com/

山田まき
1977年生まれ。イラストレーター。山田かおりの妹。雑誌へのイラスト提供、Tシャツデザイン等。作品集『mirror』（Bookcover × Book）。

p.96 − p.97間の写真
小さいときの妹。家族で行った遊園地にて。撮影するのはいつも母だから家族そろって撮った写真がない。

p.112 − p.113間の写真
母が作った妹専用のぬいぐるみ“ひでちよ”。ストーブで鼻が黒焦げになる事件があったが、母が同じ形をしたしっぽをそのまま鼻に移動して再生させた。となりの小さいひでちよは、最近母に頼んで携帯用に作ってもらったもの。右の人は野良猫出身で年齢不詳の“のりやす”。

株式会社 家族　二〇一〇年二月二十二日　初版第一刷発行
著者：山田かおり／絵：山田まき／ブックデザイン：祖父江慎＋福島よし恵（cozfish）／編集：大嶺洋子／発行人：孫家邦／発行所：株式会社リトルモア　〒一五一-〇〇五一　東京都渋谷区千駄ヶ谷三-五十六-六　TEL：〇三-三四〇一-一〇四二　FAX：〇三-三四〇一-一〇五二
http://www.littlemore.co.jp/　／印刷・製本所：図書印刷株式会社／　ISBN978-4-89815-280-5 C0095